No More Bullies!

¡No Más Bullies!

OWL IN A STRAW HAT 2

RUDOLFO ANAYA

ILLUSTRATIONS BY EL MOISÉS

SPANISH TRANSLATION BY ENRIQUE R. LAMADRID

MUSEUM OF NEW MEXICO PRESS
SANTA FE

OLLIE TECOLOTE'S PARENTS had sent him to Wisdom School in Chimayó to study with Nana, Ollie's *abuela*. Nana had taught at Wisdom School for many years. It was right next to her house and garden. Ollie loved being in class with the other students. It made him feel grown-up. In a few weeks he had already learned his ABCs and was beginning to read.

The class met outside every morning to feed the chickens and gather the eggs. They took hay to the sheep and the milk cow. Then they went inside the classroom to discuss the lesson for the day. In the afternoon the students helped Nana work in *el jardín*. They picked pumpkins, corn, *chile*, and apples to sell at the local farmers' market. It was apple season in the Chimayó Valley, and the children loved picking *manzanas* and especially eating them.

The students were in good spirits when they met that October morning. The cottonwood trees were turning yellow, and the aspens in the Santa Fe and Jemez Mountains shimmered like gold. Before class started, Ollie ran around greeting everyone. Ollie loved all of his friends, but his most special *amigo* was Uno. Uno was a winged

LOS PADRES DE OLLIE TECOLOTE le habían mandado a la Escuela del Buen Saber en Chimayó para estudiar con Nana, la abuela de Ollie. Nana había enseñado en la Escuela del Buen Saber por muchos años. Estaba al lado de su casa y jardín. A Ollie le encantaba estar en la clase con los otros alumnos. Se sentía muy maduro. En pocas semanas ya había aprendido las letras y empezaba a leer.

La clase se reunía al aire libre para dar de comer a las gallinas y juntar los huevos. Le llevaban zacate al borrego y a la vaca de leche. Entonces entraban al salón de clase para hablar de la lección del día. En la tarde los alumnos le ayudaban a Nana a trabajar en el jardín. Recogían calabazas, maíz, chile y manzanas para vender en el mercado de las cosechas. Era temporada de manzanas en el valle de Chimayó y a los niños les gustaba juntar manzanas y comérselas especialmente.

Los alumnos estaban muy animados cuando se encontraron esa mañana de octubre. Los álamos se volvían amarillos y los alamillos de las sierras de Santa Fe y Jémez relumbraban como el oro. Antes de clase Ollie corría por todos lados para saludar a toda la gente. Ollie quería a todos

unicorn with a single horn on his forehead. Uno had come from a faraway land.

Long, long ago, dinosaurs and unicorns lived in New Mexico. The dinosaurs did not survive, but the unicorns did. They flew away to live on a magical island called Atlantis. But they did not forget the homeland of their ancestors. Uno's parents sent their son to Wisdom School to learn about his ancestors' history.

"Good morning, boys and girls," Nana greeted the class. "It is time to start our lesson." The students took their seats, and Nana began roll call. One by one, she called the students' names. Only Jackie Jackalope was missing.

"Where is Jackie?" asked Nana.

The students looked at each other but said nothing. The room grew silent.

"Ollie, why are you so quiet? Where is Jackie?"

"Jackie ran away," Ollie whispered.

"Ran away!" Nana exclaimed.

"It's true," Robbie Rabbit said. "She went home."

"She said she was going to cross Rainbow Bridge," Bessie Beaver added.

"The class made fun of her," Uno said. "That's why she left."

"What do you mean, 'made fun of her'?" Nana asked.

sus amigos, pero su amigo más especial era Uno. Uno era un unicornio alado con un solo cuerno en la frente. Uno venía de una tierra muy lejana.

Hace mucho tiempo los dinosauros y unicornios vivían en Nuevo México. Los dinosaurios no sobrevivieron, pero los unicornios sí. Se fueron volando a vivir en una isla mágica llamada la Atlántida. Pero no se olvidaban de la tierra de sus antepasados. Los padres de Uno mandaron a su hijo a la Escuela del Buen Saber para aprender de la historia de sus antepasados.

"Buenos días, niños y niñas," Nana saludó a la clase. "Es la hora para comenzar nuestra lección." Los alumnos tomaron sus asientos y Nana empezó la lista. Uno por uno, llamó por nombre a los alumnos. Solo faltaba Jackie Jackalope.

"¿Dónde está Jackie?" preguntó Nana.

Los alumnos se miraron, pero no dijeron nada.

"Ollie, ¿por qué no dices nada? ¿Dónde está Jackie?"

"Jackie se escapó," suspiró Ollie.

"¡Se escapó!" exclamó Nana.

"Es verdad," dijo Robbie Rabbit, el conejo. "Se fue a su casa."

"Ella nos dijo que iba a cruzar el Puente del Arco Iris," añadió Bessie Beaver, la nutria.

"La clase se burló de ella," dijo Uno. "Por eso se fue."

"¿Qué quieres decir que se burlaron de ella?" les preguntó Nana.

"We said bad things about her," Sally Skunk said, looking at her classmates from the back of the room.

"What bad things?"

The class grew quiet.

"Ollie, what do you know about this?"

"It's true, Nana. We've been picking on Jackie."

"Why?" Nana asked.

"Because she's different," Sally Skunk said.

"Yeah," Ninja Raccoon chimed in. "She's a jackrabbit with long ears and the horns of an antelope. Very freaky."

The class giggled but stopped when Nana glared at them.

"Don't use the word *freaky*. Each one of us is unique! We are who we are."

The class could tell Nana was very disappointed with what she had heard.

"Ollie, why didn't you tell me this was going on?"

"I guess I just went along with the others."

"And you remained silent?"

"Sorry, Nana."

"You know that remaining silent when something bad is going on is like being part of the badness."

Ollie nodded. He knew he had let Nana down. He had not stood up for Jackie.

"Everyone is different," Nana said. "Jackie needs big ears to hear hungry coyotes coming near. And she can defend herself with her antelope horns."

"Nosotros dijimos cosas malas de ella," dijo Sally Skunk, la zorrilla, mirando sus compañeros desde el fondo del salón.

"¿Qué cosas malas?"

Se calló la clase.

"Ollie, ¿qué sabes de esto?"

"Es verdad, Nana. Hemos ofendido a Jackie."

"¿Por qué?" preguntó Nana.

"Porque es diferente," dijo Sally Skunk.

"Sí," metió Ninja Raccoon, el mapache. "Es una liebre con orejas largas y los cuernos de un antílope. Muy *freaky*."

Empezó a reírse la clase, pero se callaron cuando Nana los miró enojada.

"No usen la palabra *freaky*. ¡Cada uno de nosotros es único! Somos quienes somos."

La clase se dio cuenta que Nana estaba bien decepcionada con lo que escuchó.

"Ollie, ¿por qué no me dijiste que esto sucedía?"

"Creo que me dejé llevar con los otros."

"¿Y guardaste silencio?"

"Lo siento, Nana."

"Saben que no decir nada cuando algo malo pasa es como ser parte de la maldad."

Ollie inclinó la cabeza. Sabía que había decepcionado a Nana. No había defendido a Jackie.

"Cada quien es diferente," dijo Nana. "Jackie necesita orejas grandes para oír si se acercan los coyotes hambrientos. Y puede defenderse con sus cuernos de antílope."

"My eyes are big so I can see well at night," Ollie said.

"They used to laugh at me and call me Buckteeth Bessie," Bessie Beaver said. "It made me sad. But I need my big teeth to cut trees for making a home in the river!"

"How about your flat tail?" Ninja Raccoon asked, laughing.

"I cut a big tree, and it fell on my tail," Bessie answered. "Now it's flat, but I can still use it to swim and to slap the water to warn my friends when danger is near."

"I use my buckteeth to nibble grass," Robbie Rabbit said. "I'm a vegetarian."

"I got my black mask from the Ninja Turtles," Ninja Raccoon said proudly.

"Tell the truth," Uno told his classmate.

"I am telling the truth," Ninja Raccoon cried. "Donatello is my friend. He gave me the mask I wear!"

"I know what happened," Robbie Rabbit interrupted. "Our *vecina*, our neighbor Josie Luján, was baking bread outside. When you went to steal a loaf, you fell in the black ashes from the *horno*, the oven. That's how you got your mask!" he giggled.

"Liar!" Ninja Raccoon threw a piece of wadded paper at Robbie.

"Settle down!" Nana scolded. "Each one of us is born with a special gift. Be proud of the way you look."

"They make fun of me, too," Sally Skunk said. "They call me Stinky Sally! I don't like that name! I only stink when I'm in danger. If a dog chases me, I spray it. That teaches the dog not to mess with me."

Uno spoke up. "Long ago an angel gave unicorns our horns. But some of you said a witch did it. It's not true!" he said, almost crying.

The students realized they hurt their friends by teasing them about their appearance. They gathered around Uno and hugged him. Even Ninja Raccoon hugged him.

"That's better," Nana said, smiling. "Our first lesson is to take care of each other. We need to find Jackie."

"She left her phone on her desk," Ollie said. He took the phone to Nana.

Nana read the message on Jackie's Facebook page. "'I am going home because nobody likes me.' Oh dear, I didn't know she was so sad. If only I had known she was being teased. And there's more," Nana said, reading some of the comments. "What does 'URU' mean?"

"U R Ugly," Ninja Raccoon answered.

"I can't believe any of you would write this. What about 'COYH'?"

"Cut Off Your Horns," Bessie Beaver said.

"Mis ojos son grandes para que pueda ver bien en la noche," dijo Ollie.

"Antes se reían de mí y me llamaban Bucktooth Bessie, Dientes de Conejo," dijo Bessie Beaver. "Me hacía triste. ¡Pero necesito dientes grandes para cortar árboles para hacer una casa en el río!"

"¿Y qué pasa con tu cola plana?" preguntó Ninja Raccoon, riéndose.

"Yo corté un árbol grande y se cayó sobre mi cola," contestó Bessie. "Ahora es plana, pero todavía la uso para nadar y para dar palmadas al agua para advertir a mis amigos cuando hay peligro cerca."

"Yo uso mis dientes de conejo para picar el zacate," dijo Robbie Rabbit. "Soy vegetariano."

"Yo recibí mi máscara negra de las Tortugas Ninjas," dijo Ninja Raccoon con orgullo.

"Di la verdad," Uno dijo a su compañero de clase.

"Estoy diciendo la verdad," chilló Ninja Raccoon. "Donatello es mi amigo. ¡Me dio la máscara que llevo!"

"Yo sé lo que pasó," interrumpió Robbie Rabbit. "Nuestra vecina, Josie Luján, estaba horneando pan afuera. Cuando fuiste a robar un pan te caíste en las cenizas negras del horno. ¡Así conseguiste tu máscara!" se rió.

"¡Mentiroso!" Ninja Racoon le tiró una bolita de papel a Robbie.

"¡Cálmense!" regañó Nana. "Cada uno de nosotros nace con un don especial. Sean orgullosos de su apariencia."

"Se ríen de mí también," dijo Sally Skunk. "¡Me llaman Stinky Sally, 'la Hediondita'! ¡No me gusta ese nombre! Solo apesto cuando estoy en peligro. Si un perro me persigue, le doy una rociada. Eso le enseña al perro no meterse conmigo."

Uno habló también. "Hace mucho tiempo un ángel nos dio a los unicornios nuestros cuernos. Pero algunos de ustedes dijeron que fue una bruja. ¡No es verdad!" dijo, casi llorando.

Los alumnos se dieron cuenta que lastimaban a los amigos burlándose de su apariencia. Se juntaron alrededor de Uno y le abrazaron. Hasta Ninja Raccoon lo abrazó.

"Es mejor," dijo Nana, sonriendo. "Nuestra primera lección es cuidarnos unos a los otros. Debemos hallar a Jackie."

"Dejó su teléfono en su pupitre," dijo Ollie. Le llevó el teléfono a Nana.

Nana leyó el mensaje en la página de Facebook de Jackie. "'Regreso a mi casa porque nadie me quiere.' Ay diosito, no sabía que estaba tan triste. Si hubiera sabido que le estaban burlando. Y hay más," dijo Nana, leyendo algunos de los comentarios. "¿Qué quiere decir 'URU'?"

"'U R Ugly—Tú eres fea,'" contestó Ninja Raccoon.

"No puedo creer que alguno de ustedes pudiera escribir esto. ¿Y qué es 'COYH'?"

"'Cut Off Your Horns—Corta tus cuernos,'" dijo Bessie Beaver.

"You have all been bullies!" Nana said angrily. "Jackie went home because she felt she had no friends."

"We're sorry for being mean to Jackie, Nana," Ollie said. "I'll go and bring her back. We will apologize."

All the students nodded. They were ashamed of what they had done. Was it too late? If Jackie crossed Rainbow Bridge, maybe they would never find her.

"I'll ask Smokey Bear to find her," Nana said.

"But he can't cross Rainbow Bridge," Uno reminded her.

"Oh dear, that's true."

"I'll go," Ollie volunteered.

"I'll go with you," Uno said.

"Please be very careful," Nana said. "To get to Rainbow Bridge, you must fly over the Jemez Mountains and into the Dark Forest. The Three Guardians who live there are fearsome creatures. They will try to stop you from passing."

The students shivered. They were scared of the Dark Forest. Their *abuelos* had told them La Llorona, El Kookoóee, and Skeleton Woman lived there.

"Don't go, Ollie!" Bessie Beaver cried. "Don't go, Uno! I'm afraid."

"Don't be afraid," Nana said. "I know what you have to do."

"¡Todos han sido abusadores!" dijo Nana, enojada. "Jackie se fue a casa porque sentía que no tenía amigos."

"Sentimos mucho haber sido crueles con Jackie, Nana," dijo Ollie. "Yo le voy a recoger. Le pediremos perdón."

Todos los estudiantes con la cabeza decían que sí. Tenían vergüenza de lo que habían hecho. ¿Era muy tarde? Si Jackie cruzó el Puente del Arco Iris, quizás nunca le pudieran encontrar.

"Voy a pedirle a Smokey el Oso que la encuentre," dijo Nana.

"Pero el no puede cruzar el Puente del Arco Iris," Uno le recordó.

"Ay diositos, es verdad."

"Yo iré," Ollie se ofreció de voluntario.

"Voy contigo," dijo Uno.

"Por favor tengan cuidado," dijo Nana. "Para llegar al Puente del Arco Iris tienen que volar sobre la sierra Jémez y entrar al Bosque Oscuro. Los Tres Guardianes que viven allí son criaturas espantosas. Tratarán de impedir su paso."

Los alumnos temblaban. Tenían miedo del Bosque Oscuro. Sus abuelos les habían contado que la Llorona, el Kookoóee y la Huesuda vivían allí.

"¡No vayas, Ollie!" lloró Bessie Beaver. "¡No vayas, Uno! Tengo miedo."

"No tengas miedo," dijo Nana. "Yo sé lo que tienes que hacer."

She hurried to the kitchen and returned with a bag of *biscochitos*, a package of red *chile* powder, and an apple.

"Take this," she said to Ollie. "When you get past the Three Guardians, you will come to Rainbow Bridge. Under the bridge flows a beautiful river. There you will find the Golden Carp."

"A goldfish?" Ollie asked. "I thought there was a big pot of gold at the end of the rainbow."

"The Golden Carp is better than gold. It is a magical fish," Nana said. "A boy first saw it at Blue Hole, the spring in Santa Rosa. It swam down El Rito, the stream, to the river. Now it lives under Rainbow Bridge."

"Is it a story?" Sally Skunk asked.

"Yes, it is a story from the imagination of a boy who was the first to see the Golden Carp. When he grew up, he wrote the story." Nana turned to Ollie and Uno. "The Golden Carp waits under the bridge. It will ask you to solve a riddle. If you get the answer right, you can cross Rainbow Bridge and find Jackie."

Nana whispered in Ollie's ear. Ollie nodded.

"Now go," she said. "The rest of us will gather the ripe pumpkins. Remember, children, no more bullies in Wisdom School!"

"No more bullies!" the class shouted.

"We will treat one another with respect," said Nana.

Se fue rápido a la cocina y volvió con una bolsa de biscochitos, un paquete de chile colorado y una manzana.

"Toma esto," le dijo a Ollie. "Cuando dejan los Guardianes llegarás al Puente del Arco Iris. Bajo el puente fluye un río bonito. Allí encontrarás al Golden Carp, la Carpa Dorada."

"¿Un pez de oro?" preguntó Ollie. "Yo pensé que había una gran olla de oro al pie del arco iris."

"La Carpa Dorada es mejor que el oro. Es un pez mágico," dijo Nana. "Un muchacho lo vio primero en el ojito de Blue Hole, el Hoyo Azul en Santa Rosa. Nadó por el Rito hasta el río. Ahora vive bajo el Puente del Arco Iris."

"¿Es un cuento?" preguntó Sally la Zorrilla.

"Sí, es un cuento de la imaginación de un muchacho que fue el primero en ver la Carpa Dorada. Cuando creció escribió el cuento." Nana se volvió hacia Ollie y Uno. "La Carpa Dorada espera bajo el puente. Les echará una adivinanza. Si adivinan la respuesta, pueden cruzar el Puente del Arco Iris para buscar a Jackie."

Nana le suspiró al oído de Ollie. Ollie dijo que sí con la cabeza.

"Ahora vete," le dijo. "Los demás vamos a recoger las calabazas maduras. Acuérdense niños, ¡no más abusadores en la Escuela del Buen Saber!"

"¡No más abusadores!" la clase gritó.

"Nos trataremos con respeto," dijo Nana.

Ollie and Uno got ready for their journey to find Jackie.

"Let's go!" Uno said. "Jump on, Ollie!"

Ollie grabbed his straw hat, jumped, and landed on Uno's back.

"Yahoo!" Ollie shouted as he held on tight. They were off, flying high into the clear blue sky.

The class cheered. Uno and Ollie flew over the Jemez Mountains and landed at the edge of the Dark Forest. Uno shivered and moved closer to Ollie as they walked along. "Oooh, this is a spooky place. Let's go back."

The forest was dark and scary. The trees looked like giants ready to grab Ollie and Uno. Strange cries filled the air.

"We can't go back now," Ollie said. "We have to find Jackie."

They entered the forest and were met by the first guardian, La Llorona, the Crying Woman. She frightened Ollie and Uno. They noticed her clothes were torn and ragged and she had long, sharp fingernails. She looked like she had been weeping.

"My children!" she wailed. "I am looking for my children." She reached out for Ollie and Uno.

Uno trembled with fear. "Do something, Ollie!"

Ollie knew if La Llorona grabbed them, she would take them to her cave in the hills. They would never be seen again.

Ollie was brave and stood his ground. "Why do you cry?" he asked.

"My children have only grass to eat," she answered. "They have not eaten anything sweet in many years."

"Take this bag of cookies to your children, and let us pass," Ollie said.

La Llorona looked in the bag and smiled. It was the first time she had ever smiled. "Yes, you may pass," she said and ran off to give her children the delightful *biscochitos*.

"That was close," Uno said, wiping his forehead.

They moved on and met a creature even more terrifying than La Llorona. This was the second guardian, the Coco Man, El Kookoóee. He was as tall as a pine tree. His shining eyes could see in the dark, and his long arms touched the ground.

"Who goes there?" he asked in a voice that rattled windows as far as Santa Fe.

"Ali Baba," Ollie answered, hoping to fool El Kookoóee.

"You're not Ali Baba!" El Kookoóee shouted. "You bullied Jackie Jackalope. She came this way, and I let her pass. But I will not let you pass!" He reached out to grab them.

As quickly as he could, Ollie opened the package with hot red *chile* powder and threw it at El Kookoóee's face.

Ollie y Uno se alistaron para su viaje a buscar a Jackie.

"¡Vámonos!" Uno dijo. "¡Apúrate, Ollie!"

Ollie cogió su sombrero de paja, brincó y posó sobre la espalda de Uno.

"¡Ay, ay, ay!" gritó Ollie mientras se agarró. Partieron, volando alto en el cielo claro y azul.

La clase aclamó. Uno y Ollie volaron sobre la sierra Jémez y aterrizaron en la orilla del Bosque Oscuro. Uno tembló y se acercó a Ollie mientras caminaban. "Uuuh, este es un lugar espantoso. Hay que volvernos."

El bosque era oscuro y daba miedo. Los árboles parecían gigantes listos para agarrar a Ollie y Uno. Extraños gritos llenaban el aire.

"No podemos volver ahora," dijo Ollie. "Tenemos que encontrar a Jackie."

Entraron al bosque y se encontraron con la primera guardiana, la Llorona, la mujer que llora. Asustó a Ollie y Uno. Se dieron cuenta que su ropa estaba rota y desgarrada y tenía uñas largas y filudas. Parecía que había estado llorando.

"¡Mis hijos!" gimió. "Estoy buscando a mis hijos."

Uno temblaba de miedo. "Haz algo, Ollie!"

Ollie sabía que si la Llorona los agarraba, los llevaría a su cueva entre los cerros. No se verían más nunca.

Ollie era valiente y no se rajó. "¿Por qué lloras?" le preguntó.

"Mis hijos solo tienen yerba para comer," contestó. "No han comido nada dulce en muchos años."

"Lléveles esta bolsa de galletas a sus hijos y déjenos pasar," dijo Ollie.

La Llorona vio lo que había en la bolsa y se sonrió. Fue la primera vez que había sonreído. "Sí, pueden pasar," les dijo y corrió para darles a sus hijos los deliciosos biscochitos.

"Qué suerte," dijo Uno, limpiándose la frente.

Siguieron caminando y encontraron a una criatura todavía más espantosa que la Llorona. Este era el segundo guardián, el Coco o el Kookoóee. Era más alto que un pino. Sus ojos brillantes podían ver en la oscuridad y sus largos brazos tocaban el suelo.

"¿Quién viene por allí?" preguntó en una voz que hacía traquear hasta las ventanas del lejano Santa Fe.

"Ali Baba," contestó Ollie, esperando engañar al Kookoóee.

"¡Tú no eres Ali Baba!" grito el Kookoóee. "Tú te burlaste de Jackie Jackalope. Ella pasó por aquí y yo la dejé pasar. ¡Pero no les voy a dejar pasar a ustedes!" Extendió la mano para agarrarles.

Tan pronto como podía, Ollie abrió el paquete del quemoso chile colorado y se lo tiró a la cara del Kookoóee.

The powder hit El Kookoóee's nose, and he sneezed so hard that it blew all the clouds as far as Las Cruces. He sneezed again, and the mountains trembled. Bears in the Taos Mountains thought El Kookoóee was coming. They ran and hid in their caves.

"No more!" Kookoóee cried, his eyes watering. "You may pass."

Down the road Ollie and Uno came to the third guardian, Skeleton Woman. Ollie and Uno could see only her bony hands because she was covered in a dark cloak. She sat on a wood cart. The old *carreta* was how she went from place to place, threatening everyone with her bow and arrows.

"Who goes there?" she asked.

"Jack from the Beanstalk," Ollie answered.

"You can't fool me," Skeleton Woman said, aiming an arrow at Ollie. "My arrow will make you disappear." She laughed, and all the green trees around her withered and died. Frightened hummingbirds flew south to Mexico.

"You're blind," Ollie said. "You can't hit me."

"I never miss!" Skeleton Woman shouted.

"See if you can hit my heart," Ollie challenged her. He took the red apple Nana had given him and threw it in the air.

El polvo le pegó en la nariz del Kookoóee y estornudó tan fuerte que con el soplo aventó todas las nubes del cielo hasta Las Cruces. Estornudó otra vez y las montañas temblaron. Los osos de la sierra de Taos pensaron que venía el Kookoóee. Corrieron y se escondieron en sus cuevas.

"¡Ya no más!" lloró el Kookoóee, sus ojos llenos de lágrimas. "Pueden pasar."

Bajando el camino, Ollie y Uno encontraron a la tercera guardiana, Skeleton Woman, la Huesuda. Ollie y Uno solo podían ver sus manos de hueso porque estaba cubierta por una capa oscura. Se sentaba sobre una carreta de madera. La vieja carreta era su modo de ir de lugar en lugar, amenazando a todos con su arco y flechas.

"¿Quién viene por allí?" preguntó.

"Jack from the Beanstalk, Jack del Tallo de Frijol," Ollie contestó.

"No puedes engañarme a mí," la Huesuda le dijo, apuntándole una flecha a Ollie. "Mi flecha te hará desaparecer." Ella se rió y todos los árboles verdes alrededor se marchitaron y se murieron. Las chuparrosas espantadas se fueron volando hasta el sur de México.

"Estás ciega," Ollie le dijo. "Tú no me puedes pegar."

"¡Yo nunca erro!" gritó la Huesuda.

"A ver si puedes dar con mi corazón," Ollie le desafió. Tomó la manzana roja que Nana le había dado y la tiró al aire.

Skeleton Woman's arrow sliced the apple in half, and it fell to the ground. She picked it up, tasted it, and then gulped it down. "You fooled me," she said. "You may pass."

"Quick! ¡Vamos!" Uno shouted and started up Rainbow Bridge, but he lost his footing and fell.

"I'm a unicorn," he said. "I'm supposed to be able to climb Rainbow Bridge."

"Remember," Ollie said, "Nana told us we must first answer the riddle of the Golden Carp."

They went to the bank of the river, and the Golden Carp swam up from the watery depths to greet them. Ollie and Uno fell back. They had not imagined a fish so magnificent, its gold scales shining in the sunlight.

"What is your wish?" the Golden Carp asked.

"We want to find Jackie Jackalope and take her back with us," Ollie said.

"I gave her permission to use the bridge a day ago," the Golden Carp said. "Poor thing, she was crying."

"It's our fault," Uno spoke up. "We said bad things about her. We want to tell her we're sorry."

"May we cross the bridge?" Ollie asked.

"First, you must answer this riddle:

In white I left my home,
in the field I turned green,
before returning home,
I dressed myself in red."

La flecha de la Huesuda partió la manzana en dos y se cayó al suelo. La recogió, la probó y se la comió. "Tú me engañaste," ella dijo. "Ustedes pueden pasar."

"¡Apúrate! ¡Vámonos!" gritó Uno y empezó a subir el Puente del Arco Iris, pero se resbaló y se cayó.

"Soy unicornio," dijo. "Se supone que yo puedo subir el Puente del Arco Iris."

"Te acuerdas," dijo Ollie, "Nana nos dijo que primero teníamos que contestar la adivinanza de la Carpa Dorada."

Fueron a la orilla del río y la Carpa Dorada subió nadando de las profundidades del agua para saludarles. Ollie y Uno se echaron para atrás. No se imaginaban un pez tan magnífico, sus escamas brillando con la luz del sol.

"¿Cuál es tu deseo?" preguntó la Carpa Dorada.

"Queremos encontrar a Jackie Jackalope para que vuelva con nosotros," dijo Ollie.

"Yo le di permiso para pasar por el puente ayer," le dijo la Carpa Dorada. "Pobrecita, estaba llorando."

"Es nuestra culpa," Uno levantó la voz. "Dijimos cosas malas de ella. Queremos pedirle perdón."

"¿Podemos cruzar el puente?" preguntó Ollie.

"Primero tienen que contestar esta adivinanza:
Blanco salí de mi casa
y en el campo enverdecí;
para volver a mi casa
de colorado me vestí."

Uno scratched his head. "What is it, Ollie?"

Ollie thought and thought. He was sure Nana had taught them the riddle, but he couldn't remember the answer. Maybe he should have paid more attention.

"You don't know?" a nervous Uno asked. "Let's go home. It's getting chilly—"

"That's it!" Ollie cried. "A *chile* pepper! The farmer plants white *chile* seeds, and the *chile* grows green. Months later it turns red. At home we string red *chile ristras*."

"Yes," the magical fish answered. "You may pass. Go and find Jackie."

With that, the Golden Carp flipped its tail fin and sank into the deep river, disappearing into childhood memories of boys swimming in the clear Blue Hole at Santa Rosa.

Uno shouted, "Come on, Ollie!"

Ollie jumped on his back, and they went flying across Rainbow Bridge, landing in the most beautiful garden they had ever seen. Fruits on the trees were ripe and glowing with light.

"Wow!" Uno said. "This is awesome! Where do we find Jackie?"

"Follow the Yellow Brick Road," Ollie said, pointing at a sign.

They hurried down the road until they spotted Jackie. She was standing next to a handsome pronghorn antelope, the kind that lives on the *llanos*, the plains, of New Mexico. Nearby sat the most beautiful jackrabbit Ollie and Uno had ever seen.

Uno se rascó la cabeza. "¿Qué será, Ollie?"

Ollie pensó y pensó. Estaba seguro que Nana les había enseñado la adivinanza, pero no podía recordar la respuesta. Quizás debería haber prestado más atención.

"¿Tú no sabes?" preguntó Uno nerviosamente. "Vamos a casa. Comienza a ponerse *chilly*, digo frío!"

"¡Ese es!" gritó Ollie. "¡Un chile! El ranchero siembra semillas blancas de chile y el chile crece verde. Meses después se vuelve colorado. En casa atamos ristras de chile colorado."

"Sí," contestó el pez mágico. "Pueden pasar. Vayan a encontrar a Jackie."

Con eso, la Carpa Dorada volteó la cola y se hundió en el río profundo, desapareciendo en las memorias de los niños que nadan en el claro Blue Hole de Santa Rosa.

Uno gritó, "¡Vente, Ollie!"

Ollie brincó a la espalda de Uno y fueron volando por el Puente del Arco Iris, aterrizando en el jardín más hermoso que jamás habían visto. Las frutas de los árboles estaban maduras y resplandecían con la luz.

"¡Órale!" dijo Uno. "¡Qué suave! ¿Dónde encontramos a Jackie?"

"Sigan el Yellow Brick Road, el Camino de Ladrillos Amarillos," dijo Ollie, señalando un letrero.

Se dieron prisa en el camino hasta que vieron a Jackie. Estaba parada junto a un hermoso antílope berrendo, de los que viven en los llanos de Nuevo México. Cerca se sentaba la liebre más bonita que Ollie y Uno jamás habían visto.

"Ollie! Uno!" a surprised Jackie cried. She hopped over to greet them. "What are you doing here?"

"We came to take you back home. We are all sorry for the mean things we said about you. We were bullies, but it will never happen again."

"Are you sure?" Jackie asked.

"Yes," Ollie replied. "Nana talked to us. She said each one of us is special. The entire class apologizes for being bullies."

"I want to go back," Jackie said. "But first let me introduce you to my parents. This is my father, Andy Antelope."

"Glad to meet you," the handsome antelope said.

"This is my mother, Judy Jackrabbit."

"I am so glad to meet Jackie's friends," the mother said in a sweet voice.

"Uno and I are glad to meet you," Ollie said. "This is a beautiful place. What do you call it?"

"This is Pot of Gold Land," Jackie's father answered. "Here, there is no hate, fear, envy, or greed."

"We live in peace," Jackie's mother said, pointing. "See over there? Lions and sheep are playing baseball together."

"Everything is good here," Uno said. "So why did you send Jackie to Chimayó?"

"We want her to learn how others live," Andy Antelope answered. "If we learn about other cultures, there will be less prejudice."

"Pre-ju-diss," Ollie said. "Is that like not liking someone because they're different from you?"

"Yes," Judy Jackrabbit replied. "In order to live as neighbors, we must respect one another. Jackie is brave. She wanted to know if she would be accepted in your world."

"Oh no," Ollie groaned. "We blew it. We made fun of her."

"We were mean to her," Uno said, looking down in shame.

"Yes, son, but you apologized," Jackie's father reminded them. "You learned an important lesson."

"Jackie, I'm very sorry," Uno said. "I really do like you."

Jackie blushed. "And I like you, Uno."

"Now we must go back to Wisdom School," Ollie said. "Will you come with us, Jackie?"

"Yes, I will," Jackie answered. "There is so much to learn. I love Nana and my friends. Maybe someday they can visit here."

Jackie's mother nodded. "Yes, Nana can bring all of you on a field trip."

"That would be fun!" Ollie and Uno said at the same time.

"I'm ready," Jackie said. "'Bye, Father. 'Bye, Mother. I love you."

"¡Ollie! ¡Uno!" dijo Jackie, sorprendida. Daba saltitos para saludarles. "¿Qué andan haciendo por aquí?"

"Hemos venido para que regreses con nosotros. Lamentamos mucho todas las cosas malas que dijimos de ti. Fuimos abusadores, pero nunca más va a pasar."

"¿Están seguros?" preguntó Jackie.

"Sí," contestó Ollie. "Nana nos habló. Dijo que cada uno de nosotros es especial. Toda la clase pide perdón por burlarse de ti."

"Quiero regresar," dijo Jackie. "Pero primero quiero presentarles a mis padres. Este es mi papá, Andy Antelope."

"Gusto en conocerles," dijo el hermoso berrendo.

"Esta es mi mamá, Judy Jackrabbit."

"Me da tanto gusto conocer a los amigos de Jackie," dijo la mamá en una voz muy dulce.

"A Uno y mi nos alegra conocerles," dijo Ollie. "Este es un lugar bonito. ¿Cómo se llama?"

"Esta es Pot of Gold Land, la Tierra de la Olla de Oro," contestó el papá de Jackie. "Aquí no hay odio ni miedo ni codicia."

"Vivimos en paz," la mamá de Jackie dijo, señalando. "¿Ves allí? Los leones y los borregos están jugando béisbol juntos."

"Todo es bueno aquí," dijo Uno. "Entonces, ¿por qué mandaron a Jackie a Chimayó?"

"Queremos que ella sepa cómo viven los demás," contestó Andy Antelope. "Si aprendemos de otras culturas habrá menos prejuicio."

"Pre-jui-shio," dijo Ollie. "Es como no querer a alguien porque son diferentes que tú?"

"Sí," dijo Judy Jackrabbit, la liebre. "Para vivir como vecinos debemos respetarnos. Jackie es valiente. Quería saber si la aceptaban en su mundo."

"Ay, no," gimió Ollie. "Fracasamos. Nos burlamos de ella."

"Fuimos crueles con ella," dijo Uno, agachando la cabeza e inclinando la vista de vergüenza.

"Sí, hijo, pero pediste perdón," el papá de Jackie les recordó. "Aprendieron una lección importante."

"Jackie, lo siento mucho," dijo Uno. "De veras te quiero."

Jackie se puso colorada. "Y yo también te quiero a ti, Uno."

"Ahora debemos regresar a la Escuela del Buen Saber," dijo Ollie. "¿Vienes con nosotros, Jackie?"

"Sí, voy," contestó Jackie. "Hay tanto para aprender. Quiero a Nana y a mis amigos. Quizás algún día puedan visitar aquí."

La mamá de Jackie asintió con la cabeza. "Sí, Nana podrá traerles en un viaje de campo."

"¡Sería muy divertido!" Ollie y Uno dijeron a la vez.

"Estoy lista," dijo Jackie. "Adiós, Papá. Adiós, Mamá. Los quiero."

Jackie's parents hugged her. "We love you, Jackie, and are so proud of you." They turned to Ollie and Uno. "Have a safe journey home."

"I'll fly," Ollie said. "You take Jackie."

"Hop on, Jackie!" Uno said.

Jackie hopped on Uno's back, and they went flying into the sky, waving good-bye to Jackie's parents.

As the three flew over Pot of Gold Land, all the animals were surprised to see beautiful Jackie Jackalope on a unicorn, followed by an owl wearing a straw hat.

When they got close to home in Chimayó, Ollie waved to his friends Raven and Crow, who were flying in the opposite direction. He saw his other *amigos*, the Three Little Pigs, at their *ranchito* below.

"I'm so happy to get back to school!" Jackie exclaimed to her two friends.

"We are glad to have you back, Jackie!" said Ollie.

"Yes, thanks for forgiving us. No more bullying—it's a promise!" said Uno.

They flew over the Jemez Mountains and straight down to Wisdom School, where Nana and the students greeted them with open arms.

Los padres de Jackie le abrazaron. "Te queremos, Jackie, y estamos orgullosos de ti." Se volvieron a Ollie y Uno. "Que tengan un viaje seguro a casa."

"Volaré," dijo Ollie. "Llévate a Jackie."

"¡Súbete, Jackie!" le dijo Uno.

Jackie se subió a la espalda de Uno y se fueron volando por el cielo, despidiéndoles con la mano a los papás de Jackie.

Mientras sobrevolaron la Tierra de la Olla de Oro, todos los animales se sorprendieron de ver a la hermosa Jackie Jackalope volando sobre el Puente del Arco Iris en un unicornio, seguido por un tecolote con un sombrero de paja.

Cuando se acercaban a la casa en Chimayó, Ollie saludó con la mano a sus amigos, los cuervos Raven y Crow, que volaban en la dirección contraria. Vio a sus otros amigos los Three Little Pigs, los Tres Marranitos, en su ranchito abajo.

"¡Estoy tan contenta de volver a la escuela!" Jackie exclamó a sus dos amigos.

"¡Estamos contentos que volviste con nosotros!" dijo Ollie.

"Sí, gracias por perdonarnos. No vamos a abusar nunca más—¡es una promesa!" dijo Uno.

Volaron sobre las montañas Jémez y derechito a la Escuela del Buen Saber, donde Nana y los alumnos los saludaron con los brazos abiertos.

Suggested projects:

- Ask your family members if they know any riddles. Collect as many as you can, and share them with your class. The class can put together its own book of riddles.

- The Golden Carp asked Ollie and Uno to solve a riddle. How good are you at solving riddles? In New Mexico many of these advinanzas are in Spanish. When you finish answering the following riddles, you can create your own.

1.

My mother had a sheet so big,
she could not fold it.
My father had so much money,
he could not count it.
(The sheet is the sky, the gold coins are the stars. Or, the Virgin Mary's cloak is the sky, God's silver and gold coins are the stars.)

2.

What are you doing when you say the following?
Get better, get better,
little frog's tail;
if you don't get better today,
you will get better tomorrow.
(Healing)

3.

What object is in this verse?
Wool goes up, wool comes down.
(The knife.)

4.

She shouts when she cuts wood in the forest
but rests quietly at home.
(The axe.)

5.

As an act of charity,
what should we always kill?
(Hunger)

6.

An old woman with only one tooth
calls all the people.
(The church bell)

7.

She walks on air, she lives on air,
on air she weaves, this hard worker.
(The spider)

Proyectos recomendados:

- Pregúntenles a los miembros de tu familia si saben alguna adivinanza. Coleccionen tantas como puedas y compártelas con la clase. La clase puede preparar su propio libro de adivinanzas.

- La Carpa Dorada le pidió a Ollie y Uno que contestaran una adivinanza. ¿Eres bueno tú con las adivinanzas? En Nuevo México muchas adivinanzas son en español. Cuando terminen de contestar las adivinanzas siguientes, pueden crear sus propias.

1.
Mi madre tenía una sábana
que no la podía doblar.
Mi padre tenía tanto dinero
que no lo podía contar.
(La sábana es el cielo y las monedas de oro son las estrellas.
O plata y la sábana de la Virgen María es el cielo y las
monedas de oro de Dios son las estrellas.)

2.
¿Qué hacen cuando dicen esto?
Sana, sana,
colita de rana;
si no sanas hoy,
sanarás mañana.
(Sanar)

3.
¿Cuál es el objeto en este verso?
Lana sube, lana baja.
(La navaja)

4.
Rita, Rita, en el monte grita,
y en su casa calladita.
(El hacha)

5.
¿A quién se debe matar
como obra de caridad?
(El hambre)

6.
Una mujer vieja con un solo diente
llama a toda la gente.
(La campana de la iglesia)

7.
En el aire anda, en el aire mora,
en el aire teje, esta trabajadora.
(La araña)

8.

I went to town and bought her,
I returned home and cried with her.
(The onion)

9.

I am very white in color,
the product of an animal;
they drink me with love
all of the people.
(Milk)

10.

The more they take,
the bigger it grows.
(A hole)

11.

Pony from this side to that side,
doesn't eat, nor drink, nor walk.
(A bridge)

12.

Why does the dog wag its tail?
(Because the tail cannot wag the dog)

8.

Fui a la plaza y compré de ella,
volví a mi casa y lloré con ella.
(La cebolla)

9.

Muy blanca soy en color,
soy producto de animal,
y me toma con amor
el público en general.
(La leche)

10.

Entre más le quitan,
más grande se hace.
(El pozo)

11.

Caballito de banda a banda,
que no come, ni bebe, ni anda.
(El puente)

12.

¿Por qué menea el perro la cola?
(Porque la cola no puede menear al perro)

ABOUT THE AUTHOR AND ILLUSTRATOR

Rudolfo Anaya, considered the father of Chicano literature, is the author of the classic book *Bless Me, Ultima*. In 2016, President Barack Obama presented him with a National Humanities Medal. He is also a recipient of the National Medal of Arts Lifetime Honor. His children's books include *Owl in a Straw Hat*, *Rudolfo Anaya's The Farolitos of Christmas*, *The First Tortilla*, and *Curse of the ChupaCabra*. Anaya is professor emeritus of English at the University of New Mexico.

El Moisés is known for bringing the essence of urban culture and barrio flavor to mainstream fine art. His work is influenced by the Chicano, American, Native American, and Mexican cultures that are reflected in his art, which has been exhibited or featured around the world. This is his second book as illustrator in the Owl in a Straw Hat series.

Director: Anna Gallegos
Editorial director: Lisa Pacheco
Art director and book designer: David Skolkin
Composition: Set in Avenir
Manufactured in the United States

10 9 8 7 6 5 4 3 2 1

Library of Congress Cataloging-in-Publication Data
Names: Anaya, Rudolfo A., author. | El Moisés, illustrator. | Lamadrid,
    Enrique R., translator. | Anaya, Rudolfo A. No more bullies. | Anaya,
    Rudolfo A. No more bullies. Spanish.
Title: No more bullies! = ¡No más bullies! / Rudolfo Anaya ; illustrations
    by El Moisés ; Spanish translation by Enrique R. Lamadrid.
Other titles: ¡No más bullies!
Description: Santa Fe : Museum of New Mexico Press, [2019] | Series: Owl in a
    straw hat ; 2 | Summary: Ollie the Owl and Uno the Unicorn bravely face
    three guardians of the Dark Forest as they seek Jackie Jackalope, who ran
    away from Wisdom School after being bullied. Includes activities. | Description
    based on print version record and CIP data provided by publisher; resource
    not viewed.
Identifiers: LCCN 2019008908 (print) | LCCN 2019011996 (ebook) | ISBN
    9780890136478 (ebook) | ISBN 9780890136423 (hardback) | ISBN 9780890136478
    (e-book)
Subjects: | CYAC: Bullying--Fiction. | Runaways--Fiction. |
    Individuality--Fiction. | Owls--Fiction. | Animals--Fiction. | Spanish
    language materials--Bilingual.
Classification: LCC PZ73 (ebook) | LCC PZ73 .A495918 2017 (print) | DDC
    [E]--dc23
LC record available at https://lccn.loc.gov/2019008908

ISBN 978-0-89013-642-3 hardcover
ISBN 978-0-89013-647-8 ebook

Museum of New Mexico Press
PO Box 2087
Santa Fe, New Mexico 87504
mnmpress.org